CUENTOS PARA ENTENDER EL MUNDO 3

Descárgate la guía didáctica:

ELOY MORENO

CUENTOS PARA ENTENDER EL MUNDO 3

ILUSTRADO POR PABLO ZERDA

NUBE **DE TINTA**

Papel certificado por el Forest Stewardship Council®

Primera edición: junio de 2023

© 2014, 2023, Eloy Moreno
© 2014, 2023, Pablo Zerda, por las ilustraciones de portada e interiores
© 2020, 2023, Penguin Random House Grupo Editorial, S. A. U.
Travessera de Gràcia, 47-49. 08021 Barcelona

Diseño de cubierta: Penguin Random House Grupo Editorial/Manuel Esclapez

Printed in Spain – Impreso en España

ISBN: 978-84-18050-68-8
Depósito legal: B-7.892-2023

Compuesto en La Nueva Edimac, S. L.

Impreso en Gómez Aparicio, S. L.
Casarrubuelos, Madrid

NT 50688

EL QUE NO CREE EN LA MAGIA
NUNCA LA ENCONTRARÁ.

ROALD DAHL

Allá por el 2014 inicié un pequeño proyecto que consistía en dar a conocer todos esos cuentos populares que se han ido perdiendo con el paso del tiempo. Cuentos que en unas pocas palabras son capaces de ayudarnos a entender el mundo.

Hace un tiempo publicamos una edición especial del primer y segundo volumen, y ahora tengo el placer de presentar esta nueva edición del tercero, completando así toda la colección. Es especial porque llega en un formato precioso, de coleccionista, y porque incluye un cuento nuevo y muchas ilustraciones inéditas de mi querido Pablo Zerda.

Pero, sobre todo, es especial porque esta nueva edición significa que todos estos cuentos se están leyendo, compartiendo, viviendo… Estamos recuperando la ilusión por contar pequeñas historias con grandes metáforas.

Como siempre he dicho, estos cuentos no son míos, porque ni en mil vidas yo podría escribir algo tan bonito. Lo único que he hecho ha sido adaptarlos a los tiempos que corren. He adaptado el lenguaje, los personajes, las historias, los escenarios… Pero si de algo me siento orgulloso es de haberlos recopilado para que nunca caigan en el olvido y así puedan seguir transmitiéndose de generación en generación.

He comentado muchas veces que estos cuentos no tienen edad, son tanto para pequeños como para adultos, en definitiva, para todos aquellos que siguen siendo niños aunque los adultos les obliguen a disimularlo.

Aprovecho para agradecer a mi compañero y amigo, Pablo Zerda, por las ilustraciones que acompañan a cada uno de los cuentos. Llevamos muchos años trabajando juntos y siempre ha sabido plasmar en imágenes la esencia de cada historia.

Agradecer también a todos los docentes que han propuesto como lectura en tantos y tantos centros educativos estos *Cuentos para entender el mundo*, pues estáis animando a que nuevas generaciones sigan transmitiéndolos.

Y por último daros las gracias a vosotros, a todos los lectores que día tras día estáis ahí, que me contáis lo que habéis sentido con mi literatura. Sin vosotros mi trabajo no tendría sentido.

Gracias, de corazón. Muchas gracias.

INSTRUCCIONES DE USO

UNO:

LEE UN CUENTO AL DÍA, JUSTO
ANTES DE ACOSTARTE.
ASÍ TU MENTE TENDRÁ TODA
LA NOCHE PARA PENSAR EN ÉL
Y TODO EL DÍA PARA INTENTAR
COMPRENDERLO.

DOS:

LÉETELOS A TI MISMO/A,
LÉESELOS A OTROS.

TRES:

VÍVELOS, SIÉNTELOS, IMAGÍNALOS,
COMPRÉNDELOS, TRANSMÍTELOS.

CUATRO:

Y CUANDO HAYAS COMPRENDIDO
EL MUNDO,
INTENTA MEJORARLO.

EL RATÓN

Había un ratón que les tenía mucho miedo a los gatos, por eso, en cuanto veía uno, huía y se escondía en cualquier rincón hasta que había pasado el peligro.

El problema era que, al vivir en una granja, casi siempre había gatos rondando por la zona.

Un día, un mago que pasaba por allí lo vio acurrucado en un agujero de la pared y temblando de miedo. Tanta lástima le dio que se fue a hablar con él.

—Dime, ratón, ¿cómo podría ayudarte?

—¡Conviérteme en gato! —contestó el pequeño roedor.

—Si eso es lo que quieres… —Y con unas palabras mágicas lo convirtió en un precioso gato gris.

El antes ratón y ahora gato se puso muy contento y comenzó a caminar tranquilo entre los otros gatos, disfrutando de su nueva condición. Pero, a los pocos días, volvió a comportarse de la misma forma que antes: de vez en cuando se iba a un rincón y se escondía allí durante un buen rato.

Pasadas unas semanas, el mago pasó de nuevo por la granja para ver cómo le iba al gato que antes era ratón. Se sorprendió al verlo otra vez escondido en un rincón.

—Pero ¿qué te ocurre ahora? —le preguntó.

—Que me dan mucho miedo los perros —le contestó temblando.

El mago suspiró y volvió a hacerle la misma pregunta.

—Bueno, ¿y qué puedo hacer por ti?

—¡Conviérteme en perro! —le respondió.

Y de nuevo, el mago, con unas palabras mágicas lo convirtió en un perro precioso, alto y fuerte.

Fueron pasando los días y, como en la anterior ocasión, todo iba bien; pero a las pocas semanas, el ahora perro que antes fue gato y antes ratón comenzó a tenerles miedo a las personas. En cuanto oía a alguien hablando por los alrededores se iba corriendo y se escondía en cualquier hueco que encontraba. Y allí se quedaba hasta que creía que había pasado el peligro, a veces podía permanecer escondido durante varias horas.

El mago, que durante las últimas semanas había estado observando su comportamiento, volvió un día y, sin preguntarle ya nada, lo convirtió de nuevo en ratón.

—Pero, mago, ¡¿por qué me has hecho esto?! —protestó.

—Porque nada de lo que haga por ti te va a servir, pues siempre tendrás el corazón de un ratón.

LA FELICIDAD INTENSA

Una mujer llevaba mucho tiempo buscando la felicidad completa, necesitaba sentirla, deseaba descubrir si realmente existía esa sensación. Por eso había reunido todo el dinero que tenía y estaba dispuesta a dárselo a aquel que le hiciera sentir esa felicidad inmensa.

Se fue de pueblo en pueblo en busca de las personas más sabias, y a todas les decía lo mismo:

—En esta bolsa están todos mis ahorros, si es usted capaz de mostrarme qué es la felicidad intensa, la gran felicidad, esta bolsa es suya.

Pero todos la rechazaban, parecía que nadie era capaz de ayudarla. Aun así la mujer no dejaba de intentarlo.

Cierto día, después de semanas y semanas de camino, llegó a las afueras de una pequeña ciudad y se encontró a un hombre que estaba meditando bajo un árbol. Imaginó que sería el sabio del lugar y se acercó a él.

—Buenos días, maestro, perdone que le interrumpa —le dijo mientras el hombre que estaba meditando abría lentamente los ojos—. Verá, llevo mucho tiempo buscando a alguien que me haga sentir la felicidad completa. Estoy dispuesta a darle esta bolsa con todos mis ahorros a quien lo consiga.

En ese momento, el hombre se puso en pie de un solo salto, agarró la bolsa con el dinero y echó a correr.

La mujer se quedó paralizada. Jamás se le hubiera ocurrido que un sabio pudiera actuar así, por lo que dedujo que en realidad era un impostor, un ladrón que le acababa de quitar todo lo que tenía.

Se quedó observando cómo el ladrón entraba en la ciudad y, en ese momento, comenzó a correr tras él, pero ya era demasiado tarde, pues en cuanto cruzó la muralla lo perdió de vista.

—¡Mi dinero! ¡Todo mi dinero! ¡Lo he perdido todo! —se lamentaba mientras iba deambulando por las calles y preguntando si alguien había visto a un hombre con aspecto de sabio corriendo por la ciudad.

Pero parecía que nadie había visto nada. Estuvo todo el día buscándolo por las tabernas, los comercios, el mercado…, pero no hubo forma de encontrarlo. Finalmente, cuando ya casi era de noche, se dio por vencida y decidió abandonar el lugar.

Pero al atravesar de nuevo la muralla en su camino de vuelta, miró a lo lejos y se le iluminó el rostro. A unos cuantos metros de distancia, justo bajo el mismo árbol, distinguió una figura que parecía ser un hombre meditando. Por un momento tuvo la esperanza de que fuera el mismo ladrón que le había quitado todo el dinero.

Comenzó a correr hacia él con todas sus fuerzas y, conforme se acercaba, se iba dando cuenta de que sí, de que aquel era el mismo hombre.

Se lo encontró de nuevo allí, con los ojos cerrados y meditando tranquilamente. Observó que a su lado, en el suelo, estaba la bolsa que le había quitado.

Sin pensarlo dos veces la cogió bruscamente y la abrió. Comenzó a comprobar si dentro estaba todo su dinero, si no faltaba nada… Cuando acabó de contarlo y vio que estaba todo, apretó la bolsa junto al pecho y se puso a llorar de alegría.

En ese momento, el maestro se levantó lentamente, se colocó frente a la mujer y le preguntó:

—¿Estás feliz ahora?

—Nunca lo estuve tanto —contestó ella.

LA VACA

la vaca

Un viejo maestro iba paseando por el bosque junto a un joven discípulo, visitando diferentes familias, saludando a amigos y a vecinos, cuando, a lo lejos, ambos distinguieron una pequeña casa de apariencia muy pobre. Decidieron desviarse de su camino para conocer de cerca aquel lugar.

En cuanto llegaron, saludaron a la familia, que constaba de una pareja y sus tres hijos. Todos iban vestidos con ropas sucias y viejas, no llevaban zapatos y la casa prácticamente estaba en ruinas. El maestro se interesó por ellos y les preguntó cuál era su medio de vida.

—Verá, señor, nosotros solo tenemos una vaca, pero lo aprovechamos todo de ella. Nos da varios litros de leche al día, la mitad la vendemos y la otra mitad la utilizamos para beber, para hacer queso, yogures… y con eso vamos tirando cada día.

Maestro y discípulo les dieron las gracias y se fueron por donde habían venido. Cuando ya se habían alejado unos cuantos metros…

—Amigo mío —dijo el maestro—, quiero que esta noche vuelvas a la granja y les quites la vaca.

—¿Qué? —contestó sorprendido el discípulo.

—Sí, te la llevas y mañana la vendes en el mercado.

—Pero, maestro, esa vaca es lo único que tienen.

—Tú haz lo que te digo —le ordenó.

Así que esa misma noche, el discípulo se acercó a la granja, cogió la vaca y se la llevó hacia la población más cercana con la intención de venderla.

Pasaron dos o tres años en los que el discípulo no se había atrevido a volver por aquella granja por miedo y, sobre todo, por vergüenza. Pero un día, agobiado por la culpa, decidió regresar para ver cómo estaba aquella familia y confesarles lo que había hecho.

La sorpresa vino cuando, al acercarse, se dio cuenta de que aquel lugar había cambiado totalmente. Ahora allí había una bonita casa con un pequeño pero cuidado jardín, por lo que imaginó que, finalmente, agobiados por las deudas, los antiguos dueños habían tenido que vender la casa.

En cuanto llegó preguntó por la anterior familia, pero la mujer que le atendió le dijo que allí siempre habían vivido ellos, que nunca había ocupado aquella casa ninguna otra familia.

—Verán, es que hace unos tres años pasé por aquí con mi maestro y la granja estaba a punto de caerse, y ahora, al verlo todo tan cambiado pensé que...

—Ah, sí, es cierto, creo que lo recuerdo... Pues verá, joven, es que en aquella época teníamos una vaca de la que vivíamos, pero un día, sin saber muy bien cómo, se nos escapó. Al principio aquello nos pareció el fin del mundo, pero, en lugar de rendirnos, mi marido y yo pensamos que debíamos hacer algo urgente para salir adelante. Y poco a poco fuimos trabajando en esto por aquí, en otra cosa por allí, aprendiendo algún oficio..., y así fue mejorando nuestra forma de vida.

EL CAMPESINO LUCHADOR

En una tierra muy lejana vivía un campesino que, después de unas grandes tormentas, había perdido toda su cosecha, lo único que tenía para sobrevivir y alimentar a su familia.

Viendo que se acercaba el invierno y que se había quedado sin nada para comer, comenzó a ir de pueblo en pueblo para ver si alguien podía darle trabajo o algún tipo de ayuda. Pero debido a las malas cosechas nadie necesitaba más trabajadores.

Tras varios días de viaje y viendo que no conseguía nada, abatido y triste, decidió volver a casa.

Cuando ya llevaba unas cuantas horas caminando, un peregrino le comentó que a unos pocos kilómetros había un pueblo en el que tenían por costumbre regalar una bolsa llena de oro a quien consiguiera vencer en combate a un viejo maestro de artes marciales que vivía allí.

Aunque aquel campesino no había tocado un arma en su vida, estaba tan desesperado por encontrar alguna forma de dar de comer a su familia que decidió intentarlo. Se dirigió al pueblo y, en cuanto llegó, se fue directamente a ver al maestro para comunicarle que quería luchar contra él.

El viejo maestro hacía ya mucho tiempo que no peleaba, pero debía hacer honor a su palabra, por lo que no tuvo más remedio que aceptar el combate.

Esa misma tarde, en la plaza, delante de todos los habitantes del pueblo, campesino y maestro se pusieron frente a frente separados por unos diez metros de distancia. Cada uno de ellos llevaba un sable como única arma.

El maestro se sorprendió tanto por la mirada de su oponente como por la extraña forma en la que agarraba el sable. Fue en ese momento cuando le comenzaron a asaltar las dudas. «¿Quién será este hombre? ¿Y si bajo su apariencia de campesino hay un experto luchador? ¿Y si lo han enviado mis enemigos para que me mate y así quedarse con toda mi escuela de artes marciales? No le conozco de nada, ni siquiera lleva el emblema de ninguna escuela, pero por su mirada está dispuesto a ganarme al precio que sea. Hasta ahora nadie había tenido el valor de desafiarme así…».

Mientras el maestro estaba inmerso con esos pensamientos, sonó la campana que indicaba el inicio del combate.

El campesino, sabiendo que era la última oportunidad que tenía de alimentar a su familia durante el invierno, agarró el sable con fuerza y comenzó a correr hacia su oponente.

Pero cuando ya quedaban apenas dos metros para que ambas armas chocasen, el maestro bajó su sable y se rindió.

—Es usted el ganador —le dijo.

El campesino se quedó paralizado y bajó también el arma.

—Tome, aquí tiene la bolsa con el oro, se lo ha ganado. Eso sí, antes de irse, permítame que le haga una pregunta.

El campesino asintió con la cabeza mientras dejaba el sable en el suelo y cogía con alegría el premio.

—Verá, conozco todas las escuelas de lucha de alrededor y puedo decir que, sin duda, la mía es la más renombrada y más temida, por eso durante los últimos diez años solo tres personas se han atrevido a retarme, y a las tres las recuerdo con temor en sus miradas. En cambio no he visto miedo en sus ojos. ¿Podría decirme cuál es el nombre de su escuela?

—La escuela del hambre —respondió el campesino.

BUENOS MODALES

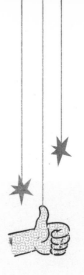

Una mujer iba con su madre en el coche cuando de pronto un joven se cruzó corriendo por la calle y les hizo frenar de golpe.

—Pero ¡¿estás loco?! —gritó la mujer—. ¡No entiendo cómo hay gente así por la vida!

—Lo siento… —contestó el chico mientras continuaba su camino.

—¡Ni lo siento ni nada! ¡Podríamos haberte atropellado y habernos estrellado con el coche! —continuaba gritando—. Si es que… ¡No puede ser!

—Bueno, bueno, se puede decir lo mismo pero siendo más amable… —contestó la madre.

—Sí, mamá, claro, claro. La amabilidad, la amabilidad…, eso no es más que aire.

—Bueno, hija, eso es verdad, pero también es aire lo que llevamos en los neumáticos y mira lo que suaviza los baches.

EL MARINERO
Y LAS TORMENTAS

En un puerto había un joven que deseaba trabajar como marinero, así que el capitán de uno de los barcos más grandes le hizo un pequeño examen para saber si era apto o no para el trabajo.

Le formuló varias preguntas sobre mapas y navegación, lo sometió a algunas pruebas prácticas del manejo del barco... y el joven todo lo superó fácilmente.

Cuando ya estaba acabando el examen, el capitán le hizo una última prueba.

—¿Sabes, muchacho?… El mar a veces se pone muy peligroso, así que dime, si de pronto te encuentras en medio de una gran tormenta, ¿cómo actuarías?

—Ningún problema —contestó el joven marinero—. Lo primero de todo, mantendría la calma, después bajaría las velas y todo lo que tuviera gran peso para mantener el barco estable incluso en medio de la tormenta.

—Vale —contestó el capitán—, pero… ¿y si en ese momento viniera otra tormenta?

—Pues lo primero sería mantener la calma, buscar a ver si encontraba algo más que bajar, y así conseguir que el barco estuviera aún más estable, incluso podríamos tirar las velas en cubierta directamente.

—Vale, pero… ¿y si viniera otra tormenta?

—Lo primero de todo, mantendría la calma…

En ese momento el capitán lo interrumpió.

—Pero, muchacho, ¿se puede saber de dónde sacas tanta calma? —protestó.

—Del mismo lugar del que usted saca las tormentas.

LAS DOS MONEDAS

Se comentaba que en un pequeño pueblo vivía un mendigo tan ignorante que, cuando le daban a escoger entre dos monedas, siempre elegía la de menor valor.

Por eso, cada vez que allí se celebraba el mercado, algunos visitantes aprovechaban para comprobar si lo que se decía de aquel hombre era cierto.

—Buenos días, me gustaría ofrecerle una limosna, pero no sé qué moneda darle. Verá, tengo una de cincuenta céntimos y otra de diez céntimos, ¿cuál de las dos quiere?

El mendigo, tras examinar ambas monedas durante un buen rato…

—La de diez céntimos, elijo la de diez céntimos —contestaba alargando la mano.

Aquella actitud generaba las risas de todos los que estaban a su alrededor.

Este hecho ocurría muchas veces durante la mañana. En ocasiones se formaba una cola de gente ante el mendigo para comprobar que la historia era cierta y así poder reírse de él.

Finalmente, un día, cuando ya había acabado el mercado y se habían ido todos los visitantes, un peregrino que había estado observando todo lo ocurrido se acercó al mendigo.

—Buenos días, buen hombre.

—Hola, muy buenos días —le contestó el mendigo mientras recogía todas las monedas que le habían dado durante la mañana.

—Verá, no quiero meterme donde no me llaman, pero le he estado observando y querría advertirle. Debería usted fijarse en el número que llevan impreso las monedas y así podría elegir aquellas de más valor, y así también evitaría que la gente se ría de usted.

—Sí, claro que sí, eso ya lo sé, el número indica el valor de cada moneda. ¿No pensará que soy tan idiota?

—¿Y entonces? —contestó sorprendido el peregrino—. ¿Por qué elige siempre la que tiene menos valor?

—Bueno, verá —le contestó tranquilamente el mendigo mientras se levantaba—, el día que coja la de más valor se acabará mi suerte. Todas esas personas vienen a mí para demostrarse a sí mismas que son más listas que yo. Pero, ay, amigo, ¿qué pasará el día que yo coja la moneda de más valor?

Ambos se quedaron en silencio.

—Mire —comentó el mendigo mientras le mostraba la bolsa llena de monedas—, ¿quién es el tonto?

EL CÍRCULO
DE LA CONFIANZA

En una lejana ciudad había una reina que nunca estaba bien del todo, siempre había algún pequeño detalle que le faltaba para ser completamente feliz.

Por eso, lo que más rabia le daba era ver que uno de sus sirvientes, justamente el que más años llevaba con ella, siempre estaba sonriente. De hecho nunca lo había visto triste, todo lo contrario, pasara lo que pasara se lo tomaba con buen humor.

Un día, llevada por la curiosidad y, sobre todo, por la envidia, lo mandó llamar.

—Buenos días, su majestad, dígame en qué puedo ayudarle —preguntó amablemente el sirviente.

—Verás, me gustaría que me dijeras cuál es tu secreto.

—¿Mi secreto? ¿Qué secreto? —respondió confuso el sirviente.

—El secreto de tu alegría, no lo entiendo. Eres mi sirviente, te mando hacer muchas tareas diariamente y, en lugar de quejarte, siempre estás sonriendo. ¿Cuál es tu secreto? ¿Cuál es el secreto de tu felicidad?

—No hay ningún secreto, majestad. Lo que me ocurre es que lo tengo todo para ser feliz: una casa donde vivir, mi esposa, mis dos hijos y un trabajo. No siento que me falte nada, por eso estoy feliz.

—Pero no lo entiendo —contestó de nuevo la reina—. Tu casa es pequeña y vieja, seguro que hace frío en invierno y sufrís mucho calor en verano. Pasas mucho tiempo aquí y a veces apenas ves a tu familia. Debe haber algo más.

—Le prometo que no hay nada más, majestad. Sí, es cierto todo lo que usted ha dicho, mi casa es pequeña y vieja, a veces no veo a mi mujer y a mis hijos todo lo que me gustaría, pero yo siento que estoy completo.

—Está bien, vete.

Pero como la reina no estaba convencida del todo, mandó llamar a su mejor consejero. Le expuso el caso para ver qué opinaba.

—Majestad, la respuesta es muy fácil, su sirviente es tan feliz porque no ha roto el círculo de la confianza.

—¿El círculo de la confianza? ¿Qué es eso?

—Cuando un hombre confía en las personas que quiere es feliz, no necesita nada más, está completo aunque le falten cosas, pero cuando ese círculo se rompe…

—No lo entiendo.

—Si quiere, mañana mismo se lo demuestro. Eso sí, en cuanto hagamos la prueba, ese hombre dejará de ser feliz. ¿Está usted dispuesta a hacerle pagar ese precio?

—Sí, sí —respondió la reina sin dudar—, tengo que saber qué es eso del círculo de la confianza. Quiero saber por qué ese pobre hombre es más feliz que yo.

—Bien, como usted quiera. Lo único que necesitaré es que mañana ponga en una bolsa noventa y nueve monedas de oro y que alguien la lleve a su casa cuando él no esté allí. Que se la den a su mujer o a sus hijos y les digan que no la abran bajo ningún concepto hasta que él regrese.

—¿Y ya está?

—Sí, eso es todo.

La reina hizo lo que su consejero le dijo y al día siguiente, cuando, por la noche, el sirviente llegó a casa…

—Han dejado esta bolsa para ti —le dijo su mujer mientras le daba un beso.

—Ah, qué bien, ¿qué hay dentro?

—No lo sé, me han dicho que era un regalo de la reina por tus años de servicio.

El hombre abrió la bolsa y sus ojos casi se le salen de la cara.

—¡Monedas de oro! ¡Muchas monedas de oro! —comenzó a gritar.

Toda la familia se sentó alrededor de una mesa y allí el hombre comenzó a contarlas. Hizo un montón de diez monedas, y otro y otro y otro, y así hasta diez montones, con la salvedad de que en el último montón solo había nueve monedas.

—Vaya, hay noventa y nueve monedas, ¿y la que falta? —preguntó extrañado.

—No lo sé —contestó su mujer.

—No lo sabemos —contestaron sus hijos.

En ese momento el hombre comenzó a buscarla por toda la casa, tanto empeño puso que esa noche no durmió nada.

Al día siguiente, en cuanto se levantó su mujer, lo primero que hizo fue preguntarle por la moneda que faltaba.

—Pero ¿seguro que ninguno de vosotros ha abierto la bolsa y la ha cogido?

Todos lo negaron.

—Va, mujer, confiesa, ¿has sido tú? ¿O tú, hijo mío? ¿O tú, hija mía?

Todos lo volvieron a negar.

Pero el hombre no se daba por vencido y comenzó a sospechar de todos ellos. Continuó buscando durante el resto de la semana y cada día que pasaba estaba más convencido de que alguien de su familia le estaba mintiendo.

Por esa razón, cada día iba al trabajo más cansado y de peor humor.

A partir de aquel día ya nunca fue el mismo, la

desconfianza había entrado en su mente, y no solo eso, ya no se sentía completo, había algo que le faltaba: una moneda de oro.

TU PARTE

Un rey y sus amigos invitaron un día a uno de sus sirvientes a ir de caza con ellos con la intención de reírse de él, pues le dieron el caballo más lento que tenían. Sabían que así no podría cazar nada.

En cuanto llegaron al bosque todos se fueron corriendo con sus caballos excepto el sirviente, que apenas avanzaba con su animal.

Al poco rato, el cielo comenzó a oscurecerse y se desató una gran tormenta. El sirviente, asumiendo que no le iba a dar tiempo a refugiarse en ningún sitio, se quitó la ropa, la plegó y se sentó sobre ella y bajo el caballo.

Cuando pasó la tormenta, volvió a ponerse la ropa seca, se subió al caballo y regresó al castillo.

En cuanto los demás lo vieron aparecer se quedaron sorprendidos de que no se hubiera mojado.

—Es que usted me ha dado un caballo tan listo y tan rápido que me ha ayudado a no mojarme —le contestó el criado.

A los pocos días le volvieron a llamar, pero esta vez le dieron un caballo rápido y fue el rey el que se quedó el que pensaban que era lento, pero, a la vez, parecía ser tan listo.

Volvieron a salir y, de nuevo, volvió a llover, y esta vez la tormenta fue aún más fuerte.

El criado hizo lo mismo que en la otra salida y así se mantuvo seco. Pero el rey, al tener un caballo tan lento tardó mucho en regresar al castillo y acabó totalmente empapado.

—No lo entiendo —dijo enfadado—, ¿cómo es posible que el mismo caballo actúe de una forma tan distinta en las dos ocasiones?

—Bueno —contestó el criado—, no puede pretender que el caballo lo haga todo, quizás usted no puso nada de su parte.

¿QUÉ PRECIO TENGO?

Una reina y su consejera solían pasar muchas tardes en los baños de palacio conversando sobre diversos temas.

—Dime la verdad, amiga mía, ¿qué precio tengo yo? —le preguntó un día la reina.

—Media moneda de oro —contestó la consejera sin inmutarse.

De pronto la reina se levantó indignada y comenzó a gritarle.

—Pero… ¿qué dices? ¡Media moneda de oro! Pero ¡si solo el bañador que llevo ya cuesta eso!

—Majestad, usted me ha preguntado cuál es su precio, y en estos momentos es justamente ese. Si me hubiera preguntado por su valor, entonces eso sería distinto, pues es fácil medir el precio de una persona, pero su valor ya es mucho más complicado.

EL HACHA

Llegó un hombre a una aldea a pedir trabajo. Habló con el responsable de los leñadores y este, al ver que era un joven fuerte, le dijo que no había problema, que podía empezar al día siguiente a ayudar en la tala de árboles.

Durante su primer día en el bosque, trabajó muy duro y cortó más árboles que la mayoría de sus compañeros. De hecho, todos se quedaron sorprendidos, sobre todo el responsable, que le dio la enhorabuena por el trabajo realizado.

El segundo día se puso a trabajar igual de duro pero su producción bajó bastante, había cortado solo la mitad de los árboles del día anterior, y aun así, seguía estando entre los trabajadores más productivos.

Pero al tercer día ya apenas pudo cortar tres árboles y lo curioso es que acabó más agotado que nunca.

El jefe de los leñadores, al darse cuenta de los pocos árboles que había podido talar, fue a hablar con él.

En cuanto estuvo a su lado se dio cuenta de lo que estaba ocurriendo.

—Dime, joven, ¿cuándo fue la última vez que afilaste el hacha? —le preguntó.

—Aún no he tenido tiempo… He estado demasiado ocupado talando árboles.

EL ALBAÑIL

Había un albañil que llevaba toda su vida construyendo preciosas casas y con una gran calidad, pero cada vez tenía menos ganas de continuar trabajando, pues ya se sentía mayor y creía que había llegado el momento de jubilarse.

Finalmente, una mañana de invierno tomó la decisión y se lo comentó a su jefe.

—Verá, me estoy haciendo mayor y me gustaría disfrutar de la familia, así que he decidido dejarlo.

Su jefe le suplicó que no lo hiciera, pues era el mejor trabajador que había tenido y el que más calidad ponía en todo lo que hacía. Aun así, el constructor le contestó que no, que ya había tomado la decisión, no quería hacer ninguna casa más.

—Está bien, lo respeto —le dijo su jefe—, solo te pido un último favor. Verás, tengo un encargo hecho ya desde hace mucho tiempo y debo cumplir con él. ¿Y quién mejor que tú para construir esa última casa? Con la calidad y el buen gusto que siempre le has puesto a todo, seguro que queda de maravilla.

El constructor protestó, pero finalmente accedió a hacerlo.

Aunque, como ya era la última casa, cada día acudía al trabajo sin ganas de hacer nada, apenas le ponía interés. Por ejemplo, le daba igual si los materiales eran más o menos buenos, no revisaba los acabados, no le importaba si las ventanas quedaban o no rectas, si las puertas se cerraban correctamente, si los grifos y los enchufes funcionaban bien…, lo único que quería era acabarla cuanto antes. De hecho fue la casa que menos tiempo le costó acabar, en apenas un mes había finalizado el trabajo.

Cuando el jefe se enteró de que ya estaba terminada se acercó a verla y se quedó muy decepcionado, pues no tenía la calidad de ninguna de sus anteriores construcciones, pero en cambio apenas protestó.

—¿Sabes, amigo? Desde luego esta no es una de tus mejores casas, de hecho creo que es la peor de todas las que has construido, pero bueno, se mantiene en pie.

El albañil miró hacia el suelo, avergonzado.

—De todas formas, aquí tienes las llaves —le dijo su jefe.

—¿Las llaves de qué? —contestó extrañado el albañil.

—Las llaves de tu nueva casa. Este es mi regalo por todos tus años de trabajo. Has sido, sin duda, mi mejor trabajador, has hecho las mejores casas de la ciudad y no quería que te fueras sin hacerte un regalo, así que la casa que acabas de construir es para ti.

LA PARTE NEGATIVA

Una maestra estaba hablando con sus alumnos sobre las cosas buenas y malas de la vida, sobre que hay mil maneras de ver lo que nos sucede…, cuando, de pronto, una niña que estaba en la primera fila levantó la mano para hacerle una pregunta.

—Maestra, ¿por qué hay gente que solo ve la parte mala de todo? Si, en realidad, la vida tiene muchas cosas buenas. Es algo que no entiendo.

—Ya, es extraño, pero muy común, ¿o es que a

vosotros no os ha pasado eso nunca? —comentó la maestra.

—No, no, no… —se escuchó por toda la clase.

—Así que no os ha pasado nunca. Eh… bueno, esperad un momento.

La maestra salió de la clase y, a los pocos minutos, regresó con un gran lienzo en blanco que tenía una pequeña mancha de tinta en el centro.

—Bueno, decidme, ¿qué veis aquí?

—Un mancha negra de tinta —contestaron varios alumnos.

—¿Y el resto de la hoja? ¿Alguien se ha fijado en el resto de la hoja? ¿En todo lo que está en blanco? —respondió la maestra sonriendo.

PRESTAR ATENCIÓN

Un joven había estado preparándose durante mucho tiempo para poder ser discípulo de un reputado maestro en uno de los templos más importantes.

Se comentaba que la prueba que había que pasar para acceder era muy complicada, pues se basaba en comprobar si el alumno había conseguido alcanzar la atención plena en todas las facetas de su vida.

Un buen día, cuando el muchacho pensó que ya había entrenado lo suficiente, se dirigió hacia el templo. Ese día llovía y hacía bastante frío, por lo que tuvo que coger ropa de abrigo y un paraguas.

Tras una semana de travesía, por fin llegó al templo, que estaba situado en lo alto de una escarpada colina.

Llamó a la puerta y una vez le abrieron entró nervioso en la estancia.

El maestro lo recibió con amables palabras.

—Buenos días, joven. Bienvenido a este pequeño templo, ¿qué puedo hacer por ti?

—Buenos días, maestro. Verá, me gustaría ser su discípulo, pues llevo tiempo entrenando la atención plena. Y creo que ya estoy preparado.

—Bueno, veamos entonces. En realidad es fácil conseguir la atención plena mientras estamos meditando, pero lo importante es conseguirla también en nuestro día a día, ¿crees que has conseguido eso?

—Sí, maestro, por supuesto.

—Pues en ese caso tan solo te voy a hacer una pregunta.

—Dígame.

—Al entrar, ¿dónde has dejado el paraguas, a la derecha o a la izquierda de la puerta?

En ese momento el discípulo se levantó y se marchó.

CON SOLO UNO

En una ciudad estaban construyendo un hospital y la directora de la obra no quería que se escatimase en medios ni en dinero, quería que fuera un hospital lo más completo posible: con el mejor equipamiento médico, las mejores instalaciones, buenos accesos… Un lugar donde quisieran ir a trabajar también los mejores médicos. Pero claro, hacer un hospital así requería de mucho dinero, y alguno de los inversores no entendía por qué era necesario gastar tanto en hacer el hospital.

Por eso, un día, todos los inversores decidieron tener una reunión con la directora del proyecto.

—Verá, es que no entendemos que haya que gastar tanto dinero en este hospital, en realidad haciendo varios recortes podría salirnos mucho más barato.

—Sí, está claro —respondió la directora—, podemos recortar gastos en muchas de las áreas, pero, en realidad, con que salvemos a una sola persona todo el dinero invertido ya habrá merecido la pena.

En ese momento uno de los principales accionistas se levantó para intervenir.

—¿No cree usted que está exagerando un poco? ¿De verdad piensa que salvar a una sola persona justificaría todos los gastos y esfuerzos que estamos haciendo por construir este hospital?

—Bueno, si se tratara de mi hijo, sí —contestó la directora.

LAS RANAS

Un grupo de ranas iba saltando por un bosque cuando, de pronto, dos de ellas cayeron en un pozo. Todas las demás se asomaron al borde para analizar la situación. En cuanto se dieron cuenta de lo profundo que era el pozo comprendieron que aquellas dos ranas no iban a poder salir nunca de allí.

En un principio, las dos ranas atrapadas comenzaron a saltar con todas sus fuerzas para tratar de escapar del pozo, pero por más que lo intentaban no podían alcanzar el borde.

Desde arriba, las otras ranas, al ver el enorme esfuerzo que estaban haciendo, les gritaban gesticulando con sus patas para advertirles de que era inútil, que no se cansaran, que la altura que había era enorme, que no lo iban a conseguir…

Finalmente, una de las dos ranas atrapadas en el pozo se rindió y se dejó caer. Y allí murió debido al cansancio y la desesperación.

En cambio, la otra continuaba intentándolo una y otra vez. Saltaba primero de una forma, luego de otra, probaba a apoyarse en la pared y rebotar contra el lado contrario, buscaba cualquier saliente en el pozo que le sirviera… Y cada vez que fracasaba miraba de nuevo hacia arriba.

Las compañeras sentían lástima por ella y cada vez con gestos más fuertes le gritaban que lo dejara, que no se cansara más, que era imposible, que no se fatigara de forma inútil como su compañera.

Pero la rana seguía y seguía, cada vez con más entusiasmo, hasta que, de pronto, dio un salto sobre un saliente que la llevó a otro saliente y desde este se impulsó nuevamente hasta que alcanzó la salida del pozo.

Todas las demás ranas se sorprendieron al ver que lo había logrado, no se lo podían creer.

—Vaya —le dijeron—, es increíble lo que has hecho. No pensamos que lo consiguieras. Desde arriba parecía totalmente imposible.

La rana que acababa de salir puso una cara extraña, como si no entendiera nada.

—¿Podéis hablar un poco más fuerte? —dijo.

—¡Que es increíble que lo hayas hecho! —le gritaron todas a la vez.

—Ah, sí, pero lo he conseguido gracias a vosotras, ¡vosotras me habéis ayudado mucho! Veréis, estoy bastante sorda, por lo que desde ahí abajo no oía nada de lo que me decíais, pero por vuestros gestos sabía que me estabais animando a que lo siguiera intentando. Así que eso hice, intentarlo, intentarlo… y gracias a vosotras he conseguido salir del pozo.

LAS PREOCUPACIONES

En una clase, una maestra estaba hablando sobre varias emociones de los seres humanos cuando llegó al tema de la preocupación.

—Mirad, a veces, una preocupación que en principio es pequeña la vamos haciendo más y más grande porque la mantenemos en el tiempo, porque no hacemos nada para olvidarnos de ella, y esto hace que nos sintamos cada vez más tristes.

En ese momento una niña levantó la mano.

—Maestra, ¿cómo es posible que una pequeña

preocupación crezca por mantenerla en el tiempo? ¿No sería de todas formas la misma preocupación, aunque dure una semana o un día? No entiendo por qué crece.

—Muy buena pregunta, ahora mismo vuelvo y os lo explico mejor —le respondió la maestra mientras salía del aula.

A los pocos minutos regresó con un vaso de agua medio lleno.

Todos los alumnos pensaban que iba a hacer la típica pregunta sobre si el vaso estaba medio lleno o medio vacío, pero no fue así.

La maestra señaló a la niña que había hecho la pregunta y le dijo que saliera a la pizarra.

—Ven, coge este vaso con tu mano y ponlo delante de ti, con el brazo extendido. ¿Cuánto dirías que pesa?

—Pues unos doscientos gramos, maestra.

—Perfecto, más o menos. ¿Y tú crees que si yo no meto nada más en el vaso su peso va a aumentar?

—Qué va, maestra, siempre pesará lo mismo —dijo mientras sujetaba el vaso en la mano con el brazo extendido.

—¿Estás segura?

—Sí, claro.

—Bueno, pues esperemos un minuto más en esta posición, a ver qué tal, no te muevas.

Conforme pasaba el tiempo a la niña le temblaba cada vez más el brazo, hasta que, finalmente, a causa del dolor, tuvo que dejar el vaso en la mesa.

EMPEZAR POR LO PEQUEÑO

Un hombre llevaba meditando durante más de ocho horas bajo un árbol cuando, de pronto, se le acercó un mendigo para pedirle un poco de limosna. Y claro, lo despertó de su meditación.

—Márchate, tonto —le dijo malhumorado—. ¿No ves que has interrumpido mi meditación?

—Es que tengo mucha hambre, si pudiera usted darme algo.

—¡Llevaba más de ocho horas meditando,

buscando mi unidad con Dios, y me has hecho fracasar! —le gritó.

—¿Y cómo intentas buscar la unidad con alguien tan grande como Dios si no eres capaz de sentirte unido a mí que me estoy muriendo de hambre? —le contestó el mendigo mientras se marchaba.

INCREÍBLE

Una pareja que acababa de tener un niño decidió ponerle el nombre de Increíble, pues tenían la certeza de que a lo largo de su vida iba a hacer cosas realmente extraordinarias.

El caso es que el niño fue creciendo hasta convertirse en un adulto, pero al contrario de lo que habían pensado sus padres, su vida no se había caracterizado por hacer nada fuera de lo común.

Cuando acabó los estudios se casó con su novia de siempre, a los pocos años tuvieron dos hijos: un niño y una niña. Mantuvo durante toda su vida el mismo trabajo y siempre estuvo con los mismos amigos, pero el tiempo pasaba y no ocurría nada que pudiera ser calificado de increíble.

De hecho, muchos de sus compañeros y amigos, de vez en cuando, le hacían bromas en relación con su nombre, pues no coincidía con el estilo de vida que llevaba.

Pero lo peor de todo era cuando, por alguna razón, le tocaba decir su nombre y la gente le preguntaba por el significado del mismo. Él no sabía qué contestar, pues, en realidad, haciendo un repaso a su vida veía que no había conseguido nada digno de calificarse de increíble.

Poco a poco fue pasando el tiempo y sus hijos se hicieron mayores y, a su vez, tuvieron también hijos, por lo que Increíble se convirtió en un amable abuelo.

—Abuelo, ¿y a ti por qué te llaman Increíble? —le preguntaban sus nietos muchas veces.

—Pues la verdad es que no lo sé —respondía él, resignado.

Los años fueron transcurriendo hasta que finalmente se jubiló de su trabajo de toda la vida. Dedicó todo su tiempo libre a sus nietos, a sus hijos, a su mujer…, pero se dio cuenta de que cada vez se hacía más mayor y de que no había conseguido hacer nada increíble. Por esa razón le pidió a su esposa un favor: que el día que muriera no pusiera su nombre en la lápida, pues no quería ser objeto de burlas ni risas de nadie. Le dijo que, en lugar de eso, pusiera alguna frase, cualquier cosa que ella quisiera.

Al tiempo, Increíble, ya muy mayor, murió, y su mujer hizo lo que le había prometido: en lugar de poner su nombre en la lápida, escribió lo siguiente:

Aquí yace un hombre que le fue fiel a su esposa durante toda su vida, que cuidó a su familia en todo momento, que nunca traicionó a ningún amigo y que trabajó duramente más de cuarenta años para que a sus seres queridos nunca les faltase nada.

Y ocurrió que cuando la gente pasaba por el cementerio y leían la placa decían: «¡Increíble!».

LOS POZOS

Un hombre acababa de comprar un terreno en el que le aseguraron que había mucha agua subterránea. En cuanto consiguió todas las herramientas necesarias se puso a cavar un pozo para ver si la encontraba.

Estuvo trabajando durante todo el día e hizo un agujero de más de cinco metros de profundidad, pero no consiguió encontrar agua.

Cansado y decepcionado, pensó que igual se

había equivocado de lugar, así que decidió volver a intentarlo unos metros más a la izquierda al día siguiente.

Y así fue, a la mañana siguiente volvió de nuevo a su terreno y empezó a cavar y a cavar en un lugar distinto, pero cuando ya llevaba unos cinco metros de profundidad se desesperó al ver que tampoco salía agua.

Fue en ese momento cuando comenzó a pensar que le habían engañado, que en aquel terreno no había agua. Aun así decidió volver a intentarlo al día siguiente.

En esta ocasión se alejó bastante de los primeros agujeros, y probó suerte justo en uno de los extremos del terreno. Estuvo cavando toda la mañana. Esta vez llegó a los cinco metros y continuó uno más, pero nada, no había agua.

Fueron pasando los días y estuvo probando lo mismo durante casi un mes, pero finalmente decidió abandonar.

—¡Me han engañado! —se lamentaba—. Aquí no hay agua ni nada, he sido víctima de una estafa.

Tras pensarlo durante unos días tomó la decisión de vender el terreno.

Después de un año, volvió de nuevo por el lugar para comprobar cómo le iba a la persona a la que le había vendido la tierra, y se sorprendió al ver a un hombre sacando agua de un precioso pozo que había construido junto a una pequeña cabaña.

—Vaya —le dijo al nuevo propietario—, al final conseguiste sacar agua. No me imagino la de pozos que habrás tenido que hacer para encontrarla, porque yo probé con más de diez agujeros y nada de nada. ¡Y eso que cada agujero era de cinco o seis metros!

—Bueno, en realidad, yo solo hice un agujero.

—¿Qué? ¡¿Cómo es posible?!

—Lo que pasa es que yo continué cavando siempre en el mismo lugar, y cuando llegué a los diez metros de profundidad encontré el agua.

EL REFLEJO DE LA VIDA

Un hombre se pasaba los días sentado en un banco a la entrada de un pueblo viendo el ir y venir de la gente.

Cierto día apareció un joven con una gran mochila, que se le acercó y le hizo una pregunta.

—Buenos días, buen hombre.

—Buenos días —respondió el hombre.

—Verá, acabo de abandonar mi ciudad y ando buscando un lugar nuevo donde vivir. ¿Puedo preguntarle cómo son los habitantes de este pueblo?

—¿Cómo eran los habitantes de la ciudad de donde tú vienes? —preguntó el hombre.

—Ufff —suspiró el joven—, pues egoístas, maleducados, antipáticos…, muy mala gente. Por eso ando buscando otra ciudad en la que vivir.

—Pues lamento decirte que así son los habitantes que te vas a encontrar aquí.

—Vaya —contestó decepcionado el joven—, pues entonces no me conviene estar en este lugar.

Y dicho esto, continuó en dirección a la población más cercana.

A los pocos días, una mujer que viajaba junto a su hija se acercó al mismo pueblo, y al encontrarse al hombre sentado en el banco le hizo la misma pregunta.

—Buenos días.

—Buenos días —contestó el anciano.

—Verá, he tenido que irme de mi ciudad porque apenas hay trabajo y estoy buscando un nuevo sitio donde vivir junto a mi hija. ¿Podría decirme cómo son los habitantes de este lugar?

—¿Cómo eran los habitantes de tu ciudad? —preguntó de nuevo el hombre.

—Pues a pesar de que estamos pasando una mala racha, la verdad es que los habitantes de mi ciudad son amables y cariñosos, comparten lo que tienen y se preocupan por los demás. Si no fuera porque no hay trabajo seguiría viviendo allí.

—Pues así de amables y cariñosos son los habitantes que te vas a encontrar aquí —le contestó.

EL TONTO

Un agricultor se dirigió a un molino con un saco de trigo que acababa de cosechar. Al ver que aquello estaba lleno de sacos con harina, tiró sus granos de trigo detrás del molino y comenzó a llenar el saco con la harina que había allí, propiedad de otros agricultores.

De pronto el molinero lo vio y le gritó:

—Pero ¿se puede saber qué estás haciendo?

—Perdóneme, soy un hombre tonto, así que muchas veces no sé muy bien lo que hago.

—Pues si eres tonto, ¿por qué no lo haces al revés? ¿Por qué no pones tus granos en los sacos de los demás?

—Bueno, porque soy un tonto normal, si hiciera eso sería un gran tonto.

EL CLAVO

Se cuenta la historia de un campesino que un día comenzó a irle tan mal la cosecha que, para poder sobrevivir, tuvo que comenzar a vender todo lo que tenía. Hasta tal punto llegó su desgracia que finalmente no le quedó más remedio que poner a la venta su casa.

Un empresario muy rico que vivía en la misma ciudad que él quiso aprovecharse de la situación y se ofreció a comprársela por un precio muy bajo.

Como no había otros compradores, el campesino no tuvo más remedio que aceptar la oferta,
eso sí, puso una única condición.

—Dime, ¿cuál es la condición que pones?
—preguntó el hombre rico.

—Verás, en una de las habitaciones de la casa
hay un clavo muy especial. Es un clavo grande, an-
tiguo, un clavo que puso ahí mi abuelo. Siempre
ha estado en la casa y le tengo mucho aprecio…

—Bien, continúa…

—Pues que te vendo la casa por ese precio tan
barato con una sola condición: que ese clavo me
siga perteneciendo a mí. Es decir, que pueda colgar en él lo que quiera.

El empresario pensó que un simple clavo no
podía ser gran molestia cuando tenía el resto de la
casa, aun así temía que el campesino se presentara
continuamente en su vivienda para ver todos los
días su clavo.

—Bueno…, pero ¿cada cuánto vendrás a verlo?

—Muy poco —le contestó el campesino—, como mucho dos o tres veces al mes.

—Bien, en ese caso acepto.

Llegados ambos a un acuerdo, se fueron a un notario para firmar el contrato de venta con la condición de que el clavo que había en una de las habitaciones pertenecería al campesino, y que podría colgar allí lo que quisiera e ir a verlo dos o tres veces al mes.

Y así pasaron las semanas, hasta que un día el campesino llamó a la puerta.

—Buenos días —le recibió el empresario.

—Buenos días, vengo a ver mi clavo.

—Pasa, pasa.

El campesino entró en la casa y se fue directo a la habitación, se puso bajo el clavo y dijo unas palabras en relación a su abuelo.

—Bien, pues ya está —comentó el campesino.

—Perfecto, hasta la próxima vez.

Pasó un mes y, de nuevo, el campesino llamó a la puerta. En esta ocasión llevaba un pequeño cuadro con una fotografía.

—Venía a colgar esta foto de mi difunto abuelo, pues le tenía mucho cariño, y qué mejor lugar que el clavo que él mismo puso.

—Perfecto —contestó el empresario.

En la siguiente ocasión, el campesino llevó una vieja chaqueta de su abuelo y la colgó en el clavo.

Y así pasaron varios meses en los que iba llevando cada vez objetos más grandes, hasta que un buen día se presentó con el cadáver de un perro.

—Pero ¿dónde vas? —exclamó el empresario.

—Vengo a colgar esto del clavo de mi abuelo —contestó tranquilamente el campesino.

—Pero no puedes hacer eso.

—Sí, sí que puedo. —Y diciendo esto entró en

la casa y colgó el cadáver en el clavo—. Ah, y cualquier día de estos vendré a ver si aún está.

El empresario, harto de la situación, se fue a denunciarlo, pero el juez, tras releer el contrato, dijo que el campesino tenía razón, tenía su derecho a colgar lo que quisiera del clavo.

Al mes siguiente el campesino se presentó con el cadáver de una oveja, y el empresario no tuvo más remedio que dejarlo pasar.

Finalmente, tras varios meses de soportar malos olores, moscas, bichos…, el empresario le devolvió la casa a cambio de una pequeña cantidad de dinero.

LAS CINCO CAMPANAS

Hace mucho tiempo había una posada que se llamaba Las Cinco Campanas, pues en su puerta principal colgaban cinco campanas preciosas.

El dueño del local hacía lo imposible por atraer a la clientela: atendía con mucha cortesía, ofrecía los mejores productos de la zona, tenía el local en perfecto estado, todo estaba muy limpio…, pero aun así, eran muy pocos los clientes que entraban, pues había muchas posadas parecidas a lo largo del camino y muy pocos se fijaban en la suya.

Cansado ya de la situación, decidió buscar a alguien que pudiera darle consejos u ofrecerle algún tipo de ayuda, pero tampoco sabía muy bien a quién acudir. Por eso, un día que entró en su local una mujer anciana que parecía muy sabia, se atrevió a comentarle todo lo que le ocurría para ver si ella podía sugerirle alguna solución.

La mujer, tras escuchar todo lo que el hombre le contaba, estuvo unos minutos en silencio y finalmente decidió darle un único consejo:

—Verás, creo que la solución a tu problema es mucho más sencilla de lo que te imaginas, lo único que tienes que hacer es quitar una de las cinco campanas que cuelgan en tu puerta. Con esto bastará.

—¿Qué? ¿Quitar una campana? Pero si siempre ha habido cinco campanas, no entiendo en qué me puede ayudar esto.

—Bueno, tú me has pedido consejo y yo te lo he dado, quita una de las cinco campanas de tu puerta y se solucionarán tus problemas.

—Pero esto es absurdo —protestó de nuevo el dueño del local.

—Bueno, ese es mi consejo, tú verás lo que haces —le dijo la anciana mientras se acababa su vaso de agua y salía de la posada.

El hombre se quedó pensando durante un rato y llegó a la conclusión de que tampoco perdía nada por intentarlo, así que salió, se subió a una escalera y descolgó una de las campanas.

Y a partir de ese momento sucedió lo siguiente: cada vez que un viajero pasaba por delante de la posada, se paraba a mirar la puerta y entraba en ella para advertir al dueño del error en el nombre, creyendo que hasta ese momento nadie se había dado cuenta de que faltaba una campana en la puerta.

Una vez dentro quedaba tan encantado con el trato y con la calidad de los productos que se sentaba a una mesa, cenaba e incluso hacía noche en la posada.

LA DISTANCIA AL CORAZÓN

—Mamá, ¿por qué grita la gente cuando se enfada?

—Bueno, en realidad hay muchos motivos: porque pierden la calma, porque no saben cómo controlarse…, pero sobre todo se gritan porque se alejan.

—¿Cómo? No entiendo eso de que se alejan. Si al que le gritas lo tienes al lado —respondió extrañada la niña.

—Sí, es verdad, sus cuerpos están uno al lado del otro, pero sus corazones en ese momento están lejos. Y cuanto más enfadados estén, más distancia habrá entre sus corazones, y por eso necesitarán gritarse cada vez más fuerte.

—Vaya… —contestó la niña.

—Pero también puede ocurrir lo contrario.

—¿Lo contrario?

—Sí, claro. Si te fijas, cuando dos personas están enamoradas, cuando se quieren, normalmente se hablan de una forma muy suave porque en este caso sus corazones están muy cerca, la distancia entre ellos es muy pequeña.

La niña abrazó a su madre.

—Por eso hay que tener cuidado cuando discutimos con alguien. No hay que dejar crecer la ira, pues puede llegar un momento en que la distancia entre los corazones sea tan grande que no haya forma de volver.

LA LOCURA
DEL SER HUMANO

Estaban varios animales en una granja hablando sobre los seres humanos cuando, de pronto, el gallo hizo una pregunta.

—A ver, ¿a que no sabéis qué es lo más divertido de los seres humanos?

—No, ¿qué?, ¿qué?, ¿qué? —preguntaron todos a la vez.

—Bueno, pues que siempre piensan lo contrario de lo que hacen, ¡están locos!

Y todos los animales comenzaron a reír.

—Por ejemplo —continuó el gallo—, tienen mucha prisa por crecer y cuando son mayores se lamentan porque su infancia pasó muy deprisa.

—Es verdad, es verdad —contestó el perro—. Además están toda la vida trabajando y trabajando, pierden incluso la salud para tener dinero, y después, cuando son viejos pierden el dinero para tener salud.

Todos los animales continuaron riendo.

—Y si os habéis fijado —intervino la vaca—, están siempre pensando en el futuro o en el pasado y la mayoría de las veces no saben lo que están haciendo en el presente.

—Y yo que los conozco de cerca —añadió el perro—, os aseguro que viven como si no fueran a morir nunca y en cambio la mayoría de ellos mueren como si no hubiesen vivido.

EL TAZÓN DE MADERA

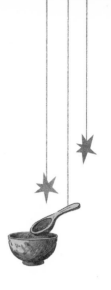

Un hombre ya muy mayor, al ver que no podía valerse por sí mismo, decidió irse a vivir con la familia de su hijo.

Los años habían pasado y su vista estaba muy cansada, caminaba muy lentamente y en muchas ocasiones le temblaba todo el cuerpo.

Pero el gran problema venía cuando toda la familia se sentaba a la mesa, pues a él le costaba masticar y eso le obligaba a hacer mucho ruido cuando tenía la comida en la boca. Además, al coger los cubiertos con sus manos temblorosas muchas de las veces se le caían al suelo, tiraba la sopa o derramaba toda el agua del vaso.

El pobre hombre se sentía tan inútil… Sobre todo cuando pensaba en lo fuerte y ágil que había sido de joven, en todas las cosas que había conseguido hacer. No le gustaba nada ser tan dependiente de los demás, pero no podía hacer otra cosa.

Un día, su nuera convenció a su marido de que no comiera con ellos.

—¡Ya no lo soporto más! —le dijo—, siempre hay comida por el suelo, se moja la ropa, no deja de tirar cubiertos…, y, además, mastica tan lento que al final si decidimos esperarlo siempre llegamos tarde al trabajo.

Finalmente, tras las continuas quejas de su mujer, el hijo del anciano decidió ponerle una pequeña mesa en otro cuarto y comprarle un tazón de madera.

«Así —pensó— instalado en otra habitación podrá comer a su ritmo, y con el tazón de madera no pasará nada si se le cae al suelo, pues este no se romperá y no habrá que estar recogiendo los trozos».

De este modo, a los pocos días, el anciano comenzó a comer solo en el otro cuarto. Aunque él no hablaba, sus ojos lo decían todo, pues de vez en cuando miraba a su hijo y se le saltaban las lágrimas.

De hecho, a partir de aquel momento empezó a comer menos, no solo porque le costara más, sino por la tristeza de verse allí solo, apartado de su hijo, de su nuera y, sobre todo, de su nieto.

La familia intentaba mirar hacia otro lado como si no pasara nada, y el único que de vez en cuando preguntaba por el abuelo era el nieto. En estos casos las respuestas eran todas muy prácticas: así está mejor, come a su ritmo, no se pone nervioso…

Fueron pasando las semanas hasta que un día, los padres vieron que su hijo llevaba toda la tarde jugando con dos trozos de madera, los había estado modelando a base de golpearlos aquí y allí.

—Vaya, ¿qué es eso? —le preguntaron.

—Esto es para vosotros.

—Ah, ¿sí?

—Sí, estos son los dos tazones donde vosotros comeréis cuando yo tenga mi familia y seáis mayores. Y así, yo estaré en el comedor y vosotros podréis estar en ese rincón donde ahora come el abuelo.

A partir de aquel momento volvieron a comer todos juntos.

EL VALOR INTERIOR

Una maestra llegó un día a clase y lo primero que hizo fue sacar de su cartera un billete de cincuenta euros y enseñárselo a sus alumnos.

—¿A quién de vosotros le gustaría tener este billete?

De inmediato todos levantaron la mano.

En ese momento la profesora cogió el billete entre sus manos y lo dobló una vez, otra vez, otra y otra, hasta que se quedó del tamaño de una moneda.

—¿Quién quiere el billete ahora?

Y todos los alumnos levantaron de nuevo la mano.

La profesora desdobló el billete y lo arrugó haciéndolo una bola entre sus manos.

—Y ahora, ¿quién lo quiere?

Y todos los alumnos, aunque no entendían muy bien lo que estaba pasando, levantaron la mano.

Finalmente la profesora desarrugó el billete, lo rompió un poco por un lado, lo tiró al suelo y lo pisoteó varias veces.

—Y ahora, ¿aún queréis el billete?

Y todos los alumnos respondieron de nuevo que sí, que aún lo querían.

La maestra recogió el billete, lo intentó dejar como estaba y lentamente se lo guardó en la cartera.

Durante un momento toda la clase se mantuvo en silencio, hasta que la maestra volvió a hablar.

—Espero que hoy hayáis aprendido una valiosa lección. Mirad, aunque he doblado, arrugado, roto y pisado el billete, todos queríais tenerlo de igual modo, porque sabíais que su valor no había cambiado, que ese billete seguía valiendo cincuenta euros. De hecho, estoy segura de que aunque lo hubiera roto por la mitad lo habríais querido igual, porque se podía volver a pegar.

Todos los alumnos asintieron en silencio.

—Muchas veces, durante vuestra vida, os ofenderán, os harán daño, habrá personas que os rechazarán, os dejarán arrugados o tirados en el suelo. En esos momentos sentiréis que no valéis nada, espero que entonces recordéis el día de hoy. Recordad que vuestro valor no cambia nunca para la gente que realmente os quiere. Por eso, los días en los que os sintáis mal recordad que vuestro valor seguirá siendo el mismo por dentro, independientemente de lo que os haya ocurrido o de lo que os hayan hecho.

EL SENDERO

Un día, hace mucho mucho tiempo, una oveja grande y fuerte se perdió del rebaño. Y lo único que se le ocurrió fue atravesar el bosque para ver si podía llegar a la otra parte del mismo, que era donde estaba la granja. Pero claro, al estar deso-rientada, comenzó a caminar de forma errática entre los árboles, zarzas, prados…

Finalmente, tras más de cuatro horas, por fin consiguió llegar a la granja, dejando marcado un camino tortuoso, lleno de curvas.

Al día siguiente, un perro pastor que iba guiando a otro rebaño de ovejas pasó por la misma zona y al llegar al bosque no sabía muy bien por dónde atravesarlo, por lo que decidió seguir las pequeñas marcas que había hecho la oveja. Y, claro, todas las ovejas que venían detrás con el pastor le siguieron.

A los dos días, varios hombres que deseaban cruzar el bosque vieron ya un pequeño sendero marcado y pensaron que aquella sería la forma más rápida de pasar al otro lado, de modo que decidieron utilizarlo también.

Y así, poco a poco, todo el mundo que quería atravesar el bosque utilizaba aquel sendero.

A lo largo de los años, muchos fueron los que se quejaban de lo larga y tortuosa que era aquella senda, de las vueltas que daba, pero nadie hizo nada para arreglarlo, todos seguían la ruta marcada.

Después de un tiempo esa senda se convirtió en un camino que unía los dos pueblos que estaban a los extremos del bosque. Por allí pasaban diariamente cientos de personas: comerciantes con sus carros y sus animales de carga, peregrinos, pastores… Eso sí, todos se quejaban de que tardaban más de dos horas en recorrer un camino que quizás en línea recta no supondría más de cuarenta minutos.

Pero todo siguió igual. Y el camino, con el tiempo, se convirtió en carretera. Y se mantuvo con el mismo recorrido durante muchos años, hasta que, un buen día, apareció un aventurero por la zona que al entrar en el bosque comenzó a andar de frente. Tuvo que abrir camino entre ramas, arbustos, troncos caídos…, pero finalmente, cuando llegó al otro pueblo todos se quedaron sin saber qué decir, pues aquel hombre, a pesar de haber tenido que abrir el camino, solo había tardado en atravesar el bosque una hora.

El hombre llegó a la plaza y se sentó en un banco.

Al poco se le acercó un niño y le preguntó por qué no había venido por la carretera.

—Los que siguen el camino marcado nunca dejarán huella en este mundo —contestó el hombre.

LOS DOS LOBOS

Una niña se había enfadado con su mejor amiga y estaba muy triste. Su padre se dio cuenta y le preguntó qué le pasaba.

Ella le contó lo del enfado.

—Verás, hija, todas las personas llevamos dentro dos lobos.

—¿Dos lobos?

—Sí, uno es bueno, amable, ayuda a los demás, piensa en hacer el bien… En cambio también tenemos otro que es violento, que quiere pelea, que desea hacer el mal.

—¿Yo también?

—Sí, claro, todos los tenemos.

—¿Y se sabe qué lobo ganará?

—El que tú alimentes —le contestó su padre mientras la abrazaba.

EL PRESENTE

En una remota aldea en el interior de un bosque se decía que vivía una de las mujeres más sabias del mundo. Por eso, prácticamente cada día, iban a visitarla muchas personas con la intención de que les ayudara a resolver algún problema, alguna duda, o para que les indicara cómo actuar ante una determinada situación.

La fama de esta mujer llegó tan lejos que el propio gobernador del país quiso ir a visitarla para averiguar la razón por la que una mujer que vivía en un lugar tan remoto había llegado a tener tanta sabiduría.

Tras varios días de viaje durante los que tuvo que atravesar ríos, escalar alguna montaña y dormir en pleno bosque, por fin llegó a la pequeña aldea. Y una vez allí, lo primero que hizo fue preguntar por la mujer.

Le indicaron que vivía en una vieja casa de madera al final del poblado, justo al lado del riachuelo.

Tras unos minutos caminando por delante de varias casas, por fin llegó y, nervioso, llamó a la puerta.

—Adelante, pase, pase —se escuchó desde el interior.

El hombre entró y se encontró a una anciana sentada en un pequeño sillón. La chimenea estaba encendida y sobre la mesa había una preciosa tetera.

—Buenos días —dijo el hombre.

—Buenos días, gobernador. ¿Qué le ha traído por aquí?

El gobernador se sorprendió al ver que aquella mujer que vivía tan lejos de la capital sabía quién era.

—Verá, me han dicho que usted es la persona más sabia de la zona, incluso algunos comentan que del país. Y como gobernador, entenderá que tenía que venir a saludarla y a conocerla. Además, soy una persona muy curiosa y llevo toda mi vida fijándome en los grandes maestros, en las grandes mentes… Por eso me gustaría hacerle una pregunta.

—Está bien, dígame —contestó la anciana.

—Pues… al estudiar a los grandes genios me he dado cuenta de que muchos nacieron siéndolo, otros lo consiguieron a base de estudiar, de viajar, de investigar… Por eso me gustaría saber en qué consiste el secreto de su sabiduría.

—Verá, gobernador, yo he llegado a ser tan sabia porque cuando como, como; cuando duermo, duermo; y cuando estoy hablando con usted, estoy hablando con usted.

—Pero… —dijo confuso el hombre—, pero bueno…, eso también puedo hacerlo yo, y no por eso soy sabio.

—No lo creo —le contestó de nuevo la mujer—, pues cuando usted duerme está pensando en todos los problemas que ha tenido durante el día o quizás en todas las cosas que le ocurrirán mañana. Cuando come, seguro que está pensando en lo que va a hacer al momento siguiente, o esa misma tarde. Y ahora que está usted hablando conmigo, es muy probable que esté pensando en qué preguntarme o en qué va a responder antes de que yo termine. Usted aún no es sabio porque no está aquí, está en otra parte.

EL FUTURO

—¿Qué es el futuro? —me preguntó.
Y me quedé en silencio,
buscando una respuesta.

El futuro será esta tarde, esta noche,
mañana, de aquí a un tiempo…
El futuro será todo lo que compartiremos:
las cosquillas, las risas, los besos,
las lágrimas, los columpios, los juegos,
el amor, la rabia, los cuentos,

la ilusión, los viajes, los miedos,
las miradas, los abrazos, los secretos…
El futuro serán momentos,
sobre todo, eso, momentos.

—¿Qué es el futuro? —me volvió a preguntar.
Y apretándola entre mis brazos le dije:
—El futuro eres tú.

DISCUTIR CON BURROS

Una mañana de primavera un burro y un tigre iban paseando por una pradera cuando el burro exclamó:

—Vaya, ¿has visto qué bonitas están las hojas azules de los árboles?

El tigre miró extrañado, uno a uno, todos los árboles que tenían frente a ellos.

—¿Azules? Las hojas son verdes —respondió confundido.

—No, no, no..., las hojas son azules, todas azules —insistió el burro caminando alegremente.

El tigre miró de nuevo los árboles, e insistió también.

—Las hojas son verdes, todas verdes.

Y así estuvieron discutiendo durante más de una hora hasta que decidieron ir a ver al rey de la selva para ver quién tenía razón.

Llegaron a una pequeña montaña desde donde el león lo observaba todo.

—¿Qué ocurre? —les preguntó al verlos discutir acaloradamente.

—Verá, su majestad —comenzó el tigre— es que aquí, el burro, insiste en afirmar que las hojas de los árboles son azules, cuando en realidad son verdes.

—¡Son azules, todas azules! —insistió el burro—. Y su majestad debería castigar al tigre por decir lo contrario.

El león miró al tigre y luego al burro, y luego al tigre de nuevo.

Y después de unos minutos en silencio:

—Es cierto, las hojas de los árboles son azules y el tigre será castigado con tres días de arresto en la cueva.

Tras escuchar el veredicto el burro dio un salto de alegría y salió de allí feliz.

—Pero... su majestad —habló confundido el tigre—, con todo el respeto, las hojas de los árboles son verdes.

—Por supuesto que son verdes —respondió el león.

—Entonces... ¿por qué me ha castigado?

—Te he castigado porque no entiendo como alguien tan inteligente como tú puede perder el tiempo discutiendo con un burro, y además hacérmelo perder a mí.

SI TE HAN GUSTADO ESTOS CUENTOS,
TE ANIMO A COMPARTIRLOS
Y RECOMENDARLOS

GRACIAS A PABLO ZERDA
POR HABER REALIZADO
ESTAS PRECIOSAS ILUSTRACIONES.

ESPERO QUE HAYAS DISFRUTADO
CON ESTAS DELICADAS HISTORIAS
QUE SE HAN IDO TRANSMITIENDO
A LO LARGO DE LOS AÑOS,
DE LOS SIGLOS INCLUSO.

HISTORIAS QUE EN POCAS PALABRAS
CONSIGUEN QUE NOS REPLANTEEMOS
LA VIDA Y EL MUNDO.

SI TE HA GUSTADO ESTE PEQUEÑO LIBRO,
AYÚDAME A DIFUNDIRLO:

RECOMIÉNDALO, REGÁLALO...
¡GRACIAS!

RECUERDA QUE PUEDES
ADQUIRIR MIS LIBROS
DIRECTAMENTE EN LA WEB:
WWW.ELOYMORENO.COM

¡Y ASÍ TE LOS ENVÍO
FIRMADOS Y DEDICADOS!

¡GRACIAS!

ÍNDICE

Eloy Moreno se dio a conocer a partir de la autoedición de su primer libro, *El bolígrafo de gel verde* (2011), un éxito de ventas con más de doscientos mil ejemplares vendidos hasta el momento. Obtuvo el Premio Onda Cero Castellón 2011 por el esfuerzo realizado en la difusión de la novela y fue finalista de los Premios de la Crítica Valenciana 2012 en el apartado de narrativa. Sus siguientes obras, *Lo que encontré bajo el sofá* (2013), *El Regalo* (2015), *Tierra* (2019), *Diferente* (2021) y la colección de tres volúmenes *Cuentos para entender el mundo* han vuelto a conectar con decenas de miles de lectores, recibiendo nuevamente un gran reconocimiento tanto en ventas como en crítica. Su libro *Invisible*, con más de doscientos mil ejemplares vendidos, se ha convertido en todo un fenómeno literario en nuestro país, donde ya va por su cuadragésima quinta edición. Ha sido galardonado con el I Premio Yoleo de lectura para jóvenes, el Premio Hache 2020, el Premio mejor novela juvenil El Corte Inglés 2020 y ha resultado finalista de los premios Menjallibres, todos ellos otorgados por alumnos y jóvenes lectores. Es actualmente uno de los cinco libros juveniles más comprados en España, se ha traducido a más de siete idiomas y sus derechos se han vendido a Uruguay, Perú, Estados Unidos, Corea del Sur, Italia, Polonia, Rusia, Serbia, Turquía, Chile, México y China, encontrándose en este momento en negociaciones con otros países, y con los derechos vendidos para hacer una adaptación al cine. Además, ha escrito *Juntos* y *Lo quiero todo*, dos álbumes ilustrados que comparten edición con *Invisible*, una versión de su bestseller juvenil adaptada a los más pequeños. Su último libro, *Cuando era divertido*, ha vendido más de cincuenta mil copias en pocos meses.

Pablo Zerda es un artista que trabaja para medios gráficos y también para proyectos audiovisuales en televisiones nacionales e internacionales, como Disney y Cartoon Network. Actualmente trabaja para la empresa de videojuegos The other guys de Gameloft. Ha ilustrado portadas de distintas revistas de tirada nacional como *Muy Interesante, Rolling Stone, Diario La Nación,* y trabaja además en proyectos editoriales. Ha obtenido numerosos premios nacionales e internacionales desde sus inicios. Es el ilustrador del best seller de Eloy Moreno *Cuentos para entender el mundo.* Ambos llevan trabajando más de ocho años juntos.